空の上から見ているよ

重度の心臓病と向き合いながら懸命に生き、
確かな愛を紡いだ少女の記録

いずみ ゆみ ｜著｜

みらいパブリッシング

はじめに

　この本は、共通房室弁口不完全型という先天性心疾患（心臓病）をもって生まれ、12才で亡くなった、娘との日々、想いをもとにして出版しました。

　娘の生い立ち、

　　私から娘へのメッセージ、

　　　娘からみんなへのメッセージ

という三部構成のドキュメンタリータッチのような絵本となっています。

　こういった病気を抱え、闘病しながらも前向きに生き、幼くして天国へと旅立った、大人になれなかった子どもがいたということ。

　今もどこかで病気を抱えながら生きているお子さんがいて、そのご両親やきょうだいは、やはり健常児を育てるのとは同じような生活ではないこと。そういったことを知り、少しでも心に留めていただけると嬉しいです。

　今、頑張っているお子さんやご家庭の励みになると嬉しいし、子どもを亡くされた親の悲しみがどれだけ深いものかも知ってもらえると嬉しいです。

　そして、もし何かに苦しんで、しんどい思いをしていて、命を断ちたいと思ったとしても、生きていることの意味や大切さに気づき、娘のようにもっと生きたい命が叶えられなかった分まで、楽しく生きる方法を見つけて欲しいです。

　この本を手に取っていただいたことにより、あなたにも、あなたの周りの方にも、何か心に残すことができることを、心より望んでおります。

　　　　　　　　　　　　　　いずみ ゆみ

第 1 章

娘

2000年5月21日午後2時20分 3735g　沙希誕生

3度の手術と度重なる入院

　産後の退院1週間後の検診で心雑音を指摘され、その後、精密検査の結果、先天性の心臓病だと告げられる。手術をしないと2才までしか生きていくことができない、その後「2才まで」ということも保証できないと告げられた。

　生後4か月の末、風邪をひき、近所の小児科クリニックから救急車でT女子医大付属病院に運ばれた。いったん帰宅、その後見る間に重篤となり夜中に病院に向かう。途中、息が聞こえなくなり、必死に名前を呼ぶ。病院の処置室に入ったとたん自発呼吸が停止。眠り薬を投与し呼吸器をつけるが、ただ眠り続けることになるので想定外の根治手術をすることに。

　最初に娘の病気がわかったとき、一日中涙が止まらなかった。が、翌日からは「この子が私のところに生まれてきて幸せだったと言ってもらえるようにしよう」と心に決めた。娘と私の、病と向き合う日々が始まる。懸命な、しかしかけがえのない時間が流れ始める。

※病院に救急車で急行した日、病院から娘と一緒に一時帰宅した途中、地下鉄の中で悲しくて涙が出そうになった。着のみ着のまま急行したため、サンダル履き、所持金も500円。そんな私に、名乗らず2000円を差し出し、これでタクシーに乗りなさいと声をかけていただいた善意の方、今でも感謝しています。この場をお借りして改めてお礼を述べたいと思います。本当にありがとうございました。（泉）

　術後1か月は安定したものの、その後、ミルクをよく吐いた。一度に80ml飲ませると吐きもどしたので、2時間ごとに60mlをあげていた。11か月のとき、大阪に移り転院し、初めての外来で入院することになり、僧帽弁の人工弁置換術を促される。1才2か月で2回目の手術をし、ICU3週間、重症部屋1か月、一般部屋も合わせて4か月に及んだ。この時、上の息子はまだ2才。保育園に預け、私は毎日病院に通った。

　病院では、身近なところに死がある。そしてその周りにはそれぞれの家族

の、さまざまな生活の懸命な闘いがある。

　5才。大動脈狭窄により、大動脈の狭窄部分を削って人工弁に置換する大手術（Konno術という有名な術式）と、僧帽弁を大人用の人工弁に入れ替える手術を同時に行い、ほぼ丸一日に及んだ。この手術の入院期間も3か月に及ぶ。彼女はワーファリンのコントロールのため、ヘパリンの点滴をしていたが、このためにさらに1か月以上の入院が必要となった。年中から通うはずの幼稚園には、入園式後1週間、術後も自宅療養のため、3学期からの通園となった（もちろん、付き添い）。度重なる手術の結果、彼女の小さな胸には大きなキズ跡が残されたが、「沙希が手術を頑張った印だよ」と話していた。「頑張った証拠」は確かに誇れるものであると。

女王様のような孤高の天使が、
感謝の気持ちにあふれた愛を惜しげなく与える子に

　入院生活は孤独である。幼い小さな子どもにとってそれがどれだけ厳しいものであったのか。

　「病気だから自分はかわいそう」……と思ってほしくなかったので、娘の前ではずっと笑顔でいようと決意していた。生きている間は病気で生まれて不幸だと思ってほしくない、命が尽きるとき病気で生まれたけど幸せだったと思ってほしい。そのために「楽しく過ごす」

冬の休日。偶然だが、彼女の背中に天使の羽が生えているように思える

ことを心掛けた。
　長い入院の間、点滴をつけながら動くことを強いられ、ストレスが溜まり、点滴装置を押し倒したことがあった。
　夜、一人でいると泣いていたり、朝、一人で目覚めるとしくしく泣いていたそうだ。しかし、やがて夜泣いても、「昨日泣かなかったよ。一人で寝られたよ」と言うようになった。「そっかー」としか答えられなかった。「えらいね」と言えばもっと頑張ってしまうだろうし、「頑張ったね」と言えばよかったのだろうか……。私の心がシクシクしたが、受けとめるしかなかった。
　お兄ちゃんもよく遊んでくれた。しかし、待合室で一人で待つのも寂しかったのだろう。また、妹が心配だったのかもしれない。面会に出られないとき病室にスキをついて入ってきたこともあった。
　兄と妹はとても仲が良かった。兄は「沙希と結婚する。だめならママ」と話し、妹も「お兄ちゃんと結婚する」と宣言していた。喧嘩もしたけど、幼いころは、兄妹と母の３人でいつも行動することが多かったので、兄はずい分不安に感じていたことであろう。

　亡くなる数日前、おなかが痛いというので市民病院に行った。娘は歩けないわけではなかったが、この日は調子が良くなくて車椅子に乗りたがったので、病院で借りていた。その病院の食堂でのこと。隣の席に座っていたおばあちゃん数人が、先に帰ろうとした。おばあちゃんたちが十分通れる幅があったが、自分の乗っている車椅子が邪魔になると思ったのだろう。自分の力で頑張って車椅子を必死に動かした。おばあちゃんたちも「ありがとう」と言ってくれた。こんな娘をとても誇らしく思う。

　この後すぐ、夏風邪の高熱が引き金となって敗血症をおこし、沙希は６年生の夏、亡くなってしまった。
　2012年８月20日６時17分。12回目の夏であった。
　沙希の葬儀を終えた午後、青空に向かって美しい虹の橋が架かった。

娘が天国に旅立ってから数か月後、大阪府吹田市にある、吹田モラロジー事務所が主催した『伝えよう！いのちのつながり』コンクールで、最優秀賞を受賞したという連絡を担任の先生からもらった。以下がその全文となる。

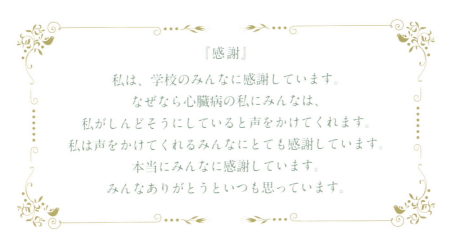

『感謝』

私は、学校のみんなに感謝しています。
なぜなら心臓病の私にみんなは、
私がしんどそうにしていると声をかけてくれます。
私は声をかけてくれるみんなにとても感謝しています。
本当にみんなに感謝しています。
みんなありがとうといつも思っています。

最後の夏休み、小学校で行われた盆踊りのときに撮ったもの。ダブルレインボー

✦ 秘密のノート ✦

暗.. 自分を出す!!
○抱っこの件
・抱っこできる子供がいて、それだけで幸せじゃない。
毎日抱っこしていた娘がいなくて、抱っこしたいのに
できないのがどんなに辛いか分かりますか!?
私は 12才まで、死ぬ直前まで抱っこして
あげていたよ。
抱きぐせとか、そんなの、バカとしか思えない。
抱っこできる今が幸せって 思ってほしい。
私が世界中の子供を 抱って抱っこしたいくらいです!!
さいごに ATCに行ったとき、
くらい場所が怖かったのか、アトラクションを
みたとき泣いていて、ずっと抱っこしていてあげた
パパは はずかしい、小6にもなって、て言ってたけど、
中学校になったら そうそう人前でだっこできなく
なるから、今のうちに だっこしとこと、泣きやむ
までだっこしていた。泣きやんだと思ったら
急に はずかしくなったのか、プイッと、他のこと
しだした。大人になる手前の かわいい娘
だった。さいごに 長時間 だっこできてよかった。

▲ 知り合いの美容室で「写真を一緒に撮ってもらう?」と聞いたら恥ずかしかったのか、抱きついて離れないので、このまま撮ってもらった (笑)

▶ 幼稚園の遠足には毎回付き添って一緒に出掛けた。みんなの歩くスピードについていけず、しんどがってずっと抱っこで歩くこともあった。私がいると甘えて歩かないのかもしれないけど、私の喜びでもあった

◀▲ 入院しているとき、中庭で時々遊んだ。外に出てシャボン玉を吹いた

◀ 北摂情報誌『シティライフ』の読者モデルで親子で載せてもらった

▲ お料理が得意と自負する娘が、お兄ちゃんと一緒にカレーを作ってくれた。玉ねぎを切るときに、目がしみない対策としてゴーグルをつけていた（笑）

▲ 『クックパッド』の『親子で楽しむスタミナワンプレートレシピコンテスト』で最終審査に残り、東京まで2人で出かけ『子ども大好き賞』を受賞した

モンスター研究所いってきました

「3Dアトラクションとび出してきてあ

いっぱい本をかって、

いろんな事を知りました。

いろんなことを調べたらよく分かった。

おでかけのときにいっぱい写真とりました

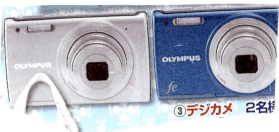

✦ 夢を叶える宝地図 ✦

最後の夏休みに入る前に書いてもらった。
(過去形で書いているけれども叶えたいことです)

「チョッパーすごくキュートでか

家族で旅行楽しかった。

パパに分けてあげた

スマホ

(ゲーム)
を
買って
あげた
にも
らっ

ゲーム楽しかった。

ママに分けてあげた

な音楽が
て、楽しかった。

ミッキーマ
あくしゅしては
すごくかわ

まなちゃん会っ
あく手とサインを
もらってうれしかった

▲ 沙希が生きていたこと、友だちであったこと……そのかけがえのない想いが綴られていた

▲ 支援学級のお友だちからのメッセージ集

◀ 娘が学校で作った自画像

第 2 章

想い

私から娘へのメッセージ

初めての手術（根治手術）
T女子医大附属病院にて。意識が戻って状態が落ち着いた頃。抱っこの許可が出たので一緒に撮ってもらった時の写真

心臓病の赤ちゃん

だけど　とっても幸せ

ママは女の子が欲しかったから

お兄ちゃんが生まれていたから

次、女の子なら

「絶対幸せにしてあげる！」

って、おなかの赤ちゃんにおもっていたよ

生まれてきたら

病気を持っていた

ショックで涙が止まらなかったけど

「ママが守ってあげる！」

って誓ったよ

絶対にこの小さな命を守って

この子がいつも幸せな気持ちでいられるように願って……

そして命が尽きたとき

「ママの子でよかった

幸せだった」

って言ってもらえるように

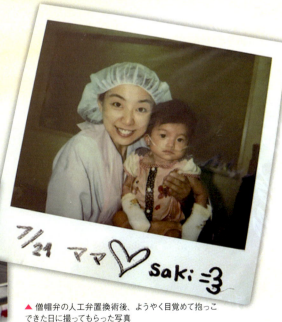

▲ 僧帽弁の人工弁置換術後、ようやく目覚めて抱っこできた日に撮ってもらった写真

▲ 入院中のお友だちと病室で過ごしている様子（入院中の大きいお姉ちゃんが撮ってくれました）

あなたは十分に私に幸せを与えてくれた

わがまま言って大変だったことも

お兄ちゃんとケンカしてよく泣いていたことも

とてもかけがえのない時間

「ママかわいいねー」

いつもほめてくれたね

「ママだいすきー」

いつもほっぺにギューってしてくれたね

お買いものもいつも一緒に行ってくれたね

ほしいものひとつといっても

ふたつほしがったりしたけれど

あなたとの時間はとても楽しかった

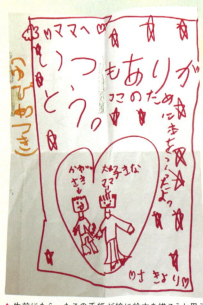

▲ 生前にもらったこの手紙が娘に絵本を描こうと思う
きっかけになったのかもしれません

鼻血がたくさん出たり

赤ちゃんのころはそれこそ80ml以上たくさんのミルクを飲むと

吐いて大変だったから60mlを少しずつ2時間ごとにあげたね

あなたはとてもみんなに可愛がられモテたね

ママも、いつも笑っていて喜怒哀楽のある

あなたが大好きでした

6年生になってから、急にいろいろ分かりだしたようで、
物分かり良くなって、お手伝いを自分から言ってくれたり、
感謝の言葉を口にし出したり……

暗がりを怖がったり、甘えん坊だったけど、
なんかこうなることが分かってたのかな？　という気がしたよ
亡くなる何日か前に美容室に髪を切りに行って、
その帰り道、写真を撮ったとき、なんだかいつもと感じが違って
哀しそうにみえたように思えた
それがママが撮ってあげた最後の写真になったよね

あなたは　これしたい　あれしたい

これほしい　あれほしいと素直に口に出して

うらやましいくらいで

すべて叶えてあげたかったけど、

少しは叶えられたよね！

あなたが生きていたら、

どんなに毎日楽しかったことかと思うけれど、

病気が悪化していたかもしれないし、これが運命なんだよね

せめて　あなたの生きた証を残したい

その想いで絵本を作りました

すべての人に感謝します

ありがとう

✧ 病室で…… ✧

小鳥

虹色の髪の女の子

入院中、病室で一緒に描いた絵。おやつも食べた

▲ 手が汚れない、においがつかない粘土で

✧ パパへのお手紙 ✧

◀ 未来のパパにタイムカプセルのようなBOXをプレゼント

第 3 章

感謝

みんなに頼りにされて
愛される人になりたいんだ
いつでも助けてあげるよ
今までみんなありがとう

お兄ちゃん　今までありがとう
パパ　お仕事ごくろうさま　だいすきだよ
ママ　自分の人生をしっかり生きて長生きしてね
みんな　みんな　ありがとう

だれかが泣いていると心配になるよ
大丈夫？
声は聞こえないかもしれないけれど

わたしがそばにいるから大丈夫だよ
だれかが笑っていると楽しくなるよ
楽しいねー
見えないかもしれないけれど
そばで一緒に笑っているよ

いつもみんなにありがとうと思っているよ
しんどい時　声をかけてくれてありがとう
助けてくれてありがとう
病気の体では迷惑かけることも多いから
いつも笑顔でいよう
いつもみんなにありがとうと思っているよ

一足先に天使になるよ
もうしんどくないから私は心配ないよ
これからはみんなのことを見ているよ
みんなを見守って応援するよ
時にはビビッと助けてあげるよ

わたしはみんなを助けてあげたいんだ
(いつまでもみんなから愛される存在でいたいんだ)
だからいつでも空の上から見ているよ

沙希

私からのことば

「子供の難病を抱える家族が笑顔になる絵本を、全国のこども病院に届けたい！」という想いで、初めて立ち上げたクラウドファンディングプロジェクトは、2019年5月22日〜7月25日まで募集をし、143人の支援により1,304,500円の資金を集めることができました。

多大なる応援、ご支援をありがとうございました。

特に、スポンサーになっていただいた、N様とMASAYUKI先生には、どれだけ感謝をしてもしきれない気持ちでいっぱいです。

プロジェクトが終了してからも、色んな方から応援の声をたくさんいただきました。皆様のおかげで、この度出版に至ることができ、本当に感謝いたします。

ありがとうございました。

2019年11月22日
いずみ ゆみ

.... この本の制作にあたってご支援いただいた方々（敬称略）............

梅田セントラル法律事務所　弁護士 舟木一弘
がる薬局伊丹大鹿店　ガルル珈琲　河村敬一

ママヲ	柴垣侑子
Particle	あんだんてみゆ
得丸桜花	矢作 綾
中川二郎	杉山勝衛
だいしろう＆りえ	遠藤公也
森田至良	川口伸枝
中本活美	レンタルスペースラソンブレ 小原裕子
国際助産師どど☆	木原 強
株式会社環境システム社	ネイル＆ボディージュエリーサロン Cherry Princess
世羅弥生	肥子由希子
M&R	西澤裕倖

この度は、絵本の出版おめでとうございます。

　泉さんのお子さんのことを以前より耳にしておりましたが、念願の絵本の出版が決まり、私事のように嬉しく思っています。

　私自身も幼少の頃、10万人に1人が発症する難病を患い、生死に向き合わされる体験をしました。幸いなことに一命を取りとめることができたのですが、その時の苦しみや痛みや喜びは、今でも記憶に深く刻まれています。

　生命を取り戻すことができたのは、治療をするお医者さんや看護師さん、そして寄り添い看病をしてくれた家族の愛の力だと思っています。

　私は、この体験を通して「生」や「死」について深く考えるようになり、病を治すには、愛の力が必要だということが分かったのです。

　そして、自分が生かされた役割の一つとして、世のため、人のためにお役に立ちたいと考えるようになり、私自身も日本クリスタル・チルドレン育成会という支援活動をはじめました。

　泉さんが、絵本を出版すると耳にして、私にできることは何か？と考えた時に、この絵本のコンセプトである、「難病の子を持つすべての家族を笑顔にしたい」という想いに共感し、支援させていただくことにいたしました。

　この絵本をきっかけに、同じように難病と闘っている子どもたちや難病の子どもを持つご家族が笑顔になり、1人でも多くの人に届いて欲しいと願っています。

　泉さんと泉さんの娘の沙希ちゃんの愛が、たくさんの人の病を治癒するエネルギーとなりますように。

心からの愛と感謝を込めて

日本クリスタル・チルドレン育成会代表　MASAYUKI

いずみ ゆみ

和歌山県出身。大手前女子大学文学部英米文学科卒。OL時代はSEIKOグループ会社にプログラマーとして従事。

結婚後は専業主婦が夢だったが、娘が生まれつきの心臓病で生まれたため、生活が一変、ヤクルトレディ、お料理ブロガー（ブログ名『ゆみぴぃのYummy Yummy キッチン♪』）、のち、親と子のコミュニケーションの場を提供するために、親子クッキング主宰。

娘亡き後は、自分の使命とは何かを考え始め、魂の使命が分かると言われるマヤ暦占星術を学び、マヤ暦他占術を使った鑑定師となる。活動ネーム→夢実ぴぃ。『マヤ暦カウンセリング夢現』代表。

夢実ぴぃの占いサイト　http://yumip.net

空の上から見ているよ
いずみ ゆみ 著

2019年11月21日　初版第1刷

発行人	松崎義行
発　行	みらいパブリッシング 〒166-0003　東京都杉並区高円寺南4-26-12　福丸ビル6階 tel：03-5913-8611　fax：03-5913-8011
発　売	星雲社 〒112-0005　東京都文京区水道1-3-30 tel：03-3868-3275　fax：03-3868-6588
デザイン	冨田由比
印刷・製本	株式会社上野印刷所

©Yumi Izumi 2019　Printed in Japan
ISBN978-4-434-26760-4　C0095